PETITES CAUSERIES

D'HISTOIRE NATURELLE

ONZIÈME SÉRIE. — Format g^d in-32

POITIERS. — TYPOGRAPHIE OUDIN.

PETITES CAUSERIES

D'HISTOIRE

NATURELLE

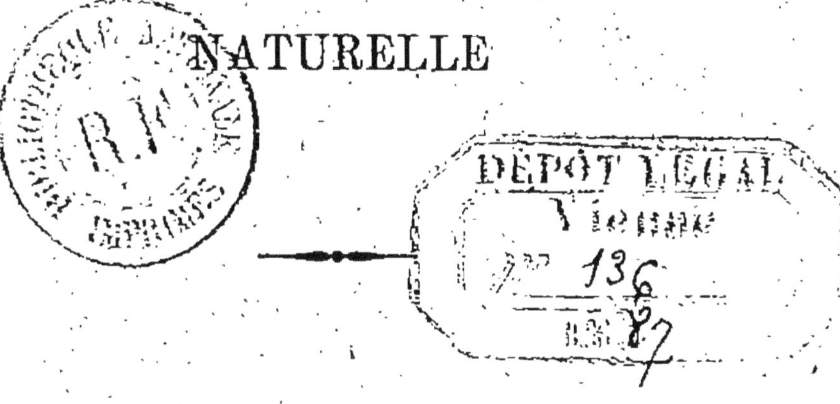

PARIS

H. LECÈNE ET H. OUDIN, ÉDITEURS

17, RUE BONAPARTE, 17

PETITES CAUSERIES
D'HISTOIRE NATURELLE

L'homme, le chien et le coq.

Vous vous imaginez sans doute, mes enfants, que je vais vous raconter quelque fable. Si vous désirez en lire, prenez La Fontaine ou Florian. Quant à moi, ce n'est pas mon affaire; et, au lieu de vous dire des choses fabuleuses, je voudrais vous faire entendre quelques bonnes vérités, tout en vous montrant que vous en savez déjà une grande partie.

— Est-ce bien utile de nous les dire, s'écrie l'un de vous, si nous les savons déjà ?

— Sans aucun doute, vous les savez, car il s'agit de ce que vous voyez tous les jours ; mais vous n'y avez pas assez fait attention.

Je vous demande de vous représenter debout, là, devant vous, à côté l'un de l'autre, un homme, un chien et un coq. Je vous vois déjà embarrassés. Pour le chien et le coq, cela n'est pas difficile; mais l'homme, comment faut-il se l'imaginer? Sera-ce un ouvrier en blouse et en casquette, un bourgeois en redingote et portant chapeau, un militaire en uniforme?

Oui, je conçois que cela peut vous faire hésiter. Cela tient à la variété des vêtements que les hommes s'imaginent de porter. C'est bien plus simple pour nos deux bêtes. L'une est couverte de poils, l'autre de plumes. Cela pousse tout seul sur leur peau. Il est vrai que l'homme n'est pas naturellement si bien couvert. Mais comme il est bien plus avisé, il se fait

Un Chien (20 fois plus petit que nature). — C'est un animal à quatre pattes; son corps est couvert de poils ; ses mâchoires sont armées de dents ; il a cinq doigts aux pattes de devant, quatre à celles de derrière, et son corps est terminé par une queue mobile dans tous les sens ; il est soutenu par des os que ses chairs enveloppent.

lui-même des vêtements, et naturellement il les prend à son idée. Néanmoins, sous tant d'habits différents, le corps humain est toujours le même; ne songez qu'à lui et regardez avec moi les membres de l'homme et des deux animaux.

Voyez-vous que l'homme et le coq marchent tous deux, l'un à deux pieds, l'autre à deux pattes? Pieds ou pattes, le nom n'y fait rien. L'homme et le coq marchent avec deux membres seulement. Et le chien? — Il marche, lui, à quatre pattes.

Mais si vous lui faisiez faire le beau et que ce fût un chien savant, il se dresserait et se tiendrait à son tour sur deux pattes. Cela le fatiguerait beaucoup, et il serait bien content dès qu'il pourrait reprendre sa position naturelle. Il est donc évident que le chien est *quadrupède*, tandis que l'homme et le coq sont des *bipèdes*.

Cependant ils ont tous deux quatre membres aussi bien que le chien. Ce sont les bras chez l'homme ; chez le coq ce sont des ailes. Les hommes réservent les bras pour travailler, pour prendre tout ce qu'ils veulent saisir, pour se défendre si on les attaque. Voilà pourquoi il ne leur reste que deux pieds pour se tenir debout et pour marcher.

Un coq (10 fois plus petit que nature). — C'est un animal à deux pattes ; mais il a deux ailes : ce qui lui fait toujours quatre membres ; son corps est couvert de plumes ; ses mâchoires ne portent pas de dents, mais sont armées d'un bec en corne ; les pattes ont quatre doigts ; les ailes sont pourvues d'une rangée de longues plumes ; le corps est terminé par une queue très courte, ou croupion, portant un panache de grandes plumes, il est soutenu intérieurement par des os.

Les coqs n'ont pas nos bras, mais leurs ailes les soutiennent dans l'air lorsqu'ils le veulent. Marcher avec les deux pattes, voler avec les deux ailes, voilà deux allures fort différentes. Néanmoins cela fait toujours quatre membres.

Rien nest plus utile pour instruire les enfants que des comparaisons de ce genre. C'est ce que l'on appelle *observer* les êtres de la nature ; et c'est ainsi qu'on apprend à les connaître.

Comparez pour apprendre.

Voyons encore d'autres sujets de comparaison. Les deux *bras* de l'homme sont terminés chacun par une *main*, et cette main possède *cinq doigts*. De même, au bout des deux *jambes* se trouvent les *pieds*, où l'on compte aussi *cinq doigts*, comme aux mains.

De ces cinq doigts, il y

en a quatre où l'on compte trois articles ou *phalanges* ; le premier n'a que deux phalanges, c'est ce que l'on nomme le *pouce*.

En est-il de même chez le chien ? — Pas tout à fait. Aux *pattes de devant* il a aussi *cinq doigts*, dont un *pouce* très petit, pas assez long pour poser sur le sol, lorsque l'animal marche ou se tient debout. Mais aux deux *pattes de derrière*, il n'y a plus que *quatre doigts* ; le chien n'a pas de pouce aux membres postérieurs. C'est là une première différence.

Il y en a d'autres encore. Ses doigts sont tous courts et ramassés ; ils ne lui permettraient de rien saisir comme nous le faisons avec les nôtres. Au lieu des ongles plats que l'on voit chez l'homme, le chien a des griffes, sortes de crochets cornés bons pour creuser la terre.

Maintenant occupons-nous du coq. Ses deux pattes se terminent par *trois doigts* allongés et écartés. En arrière on aperçoit un *quatrième doigt* court et atteignant à peine le sol : c'est le *pouce*. Ainsi, chez le coq, il n'y a que *quatre doigts*, et ce n'est pas le *pouce* qui manque.

Le *bec* du coq est quelque chose de tout à fait particulier. Là où nous avons des *lèvres* souples et qui remuent si bien, le coq a de la corne aux deux mâchoires. Son *bec* est formé de deux pièces appelées *mandibules* ; la plus grande et la plus longue est en haut. L'animal a beau ouvrir le bec : on ne voit rien qui ressemble aux *dents* dont la bouche est armée chez l'homme et chez le chien.

C'est là un trait caractéristique de tous les oiseaux : ils n'ont pas de dents, et chaque mâchoire est recouverte de corne formant la mandibule du bec.

Jètons les yeux sur la gueule du chien. A coup sûr, elle ressemble plus à la bouche de l'homme qu'au bec de l'oiseau. Cette gueule a des lèvres molles, et pour peu qu'elle soit ouverte, on y aperçoit des *dents*. Elles sont nombreuses : les unes assez petites, les autres très grosses. Vous remarquerez surtout quatre dents qu'on a coutume d'appeler les *crocs* du chien. Ainsi cet animal a des dents aussi bien que l'homme ; mais elles sont inégales, et les plus fortes sont de très bonnes armes pour mordre. Il se défend et il attaque avec ces dents, ce que l'homme ne fait pas, car il a ses mains et les armes qu'il sait se fabriquer.

En terminant, remarquez que l'homme, le chien, le coq ont un trait de ressemblance très important.

Leur corps est charnu avec des os qui le soutiennent intérieurement. Il n'en est pas de même chez tous les animaux.

L'enfant et le hanneton.

Un hanneton ! Tous vos souvenirs s'éveillent à ce seul nom. Vous vous voyez déjà attachant un fil à l'une des pattes du malheureux, et attendant avec impatience le moment où il s'envolera ! Quelle joie lorsque, retenu par le brin de fil, il tournera autour de vous avec un bourdonnement monotone !

Je conçois que cette lutte de la pauvre bête vous amuse quelque temps. Mais n'y a-t-il pas mieux à faire? Regardez du moins le pauvre insecte ; observez-le ; comparez-le avec vous-même. C'est un autre genre d'amusement. Celui-là vous sera utile et ne fera souffrir personne.

Profitons de ce qu'il se repose tranquillement, pour

Un hanneton (longueur réelle : 25 millimètres). — C'est un insecte ; son corps est corné, dur et sec au dehors ; on y distingue trois parties : en avant, la tête portant deux cornes ou antennes et deux gros yeux ; ensuite le corselet auquel sont fixées trois paires de pattes et deux paires d'ailes ; à la suite est le ventre ou abdomen.

voir comment il est conformé. Nous apercevons tout

d'abord en lui un gros corps de couleur rousse. En avant est une partie plus foncée et plus petite. Enfin celle-ci est précédée d'une tête bien reconnaissable à ce que les enfants ont l'habitude d'appeler les cornes du hanneton. En y regardant d'un peu près, vous distinguerez de chaque côté un gros œil noir et brillant. Remarquez-le tout de suite : il résulte de ce que vous venez d'observer, que le corps du hanneton se compose de trois parties. Mais n'en est-il pas de même de votre corps, si l'on ne considère que le tronc, en laissant les membres de côté ? Il y a d'abord la tête, puis la *poitrine* ou *thorax*, enfin le *ventre* ou *abdomen*. Le corps du hanneton n'a pas, il est vrai, les formes du vôtre ; mais il a la même composition : *tête*, *thorax* et *abdomen*.

Voyons maintenant autre

chose. En dessous du corps s'attachent six pattes, trois de chaque côté. Ici l'insecte est plus riche que vous, car vous n'avez que quatre membres. Mais il y a bien mieux : il a des ailes ! Vous le savez bien, puisque, avant d'être tranquillement posé, il volait sous vos yeux. Alors on distinguait facilement qu'il a quatre ailes attachées sur le dos. Maintenant il les tient repliées et fermées.

Telle est la conformation générale de notre hanneton. Mais il présente encore quelque chose de singulier. Tout son corps est sec et corné à l'extérieur. Ses membres surtout sont durs et comme desséchés. Cela ne ressemble en rien à votre peau flexible, recouvrant des chairs moelleuses et arrondies. Tous les insectes sont ainsi faits ; leur corps est pour ainsi dire revêtu d'une cuirasse mince et délicate. D'autres animaux encore sont cuirassés de cette façon. Vous rappelez-vous avoir vu quelquefois une écrevisse ? Cet animal vit toujours dans l'eau ; cependant il a la peau dure et résistante. Mais dans de tels animaux n'y a-t-il donc pas de chairs? — Si fait, elles sont en dedans de la cuirasse extérieure.

C'est tout l'inverse chez vous. Ce qu'il y a de dur

dans votre corps, ce sont les *os*, et votre chair les entoure au lieu d'y être, renfermée. Le chien et le coq sont, à cet égard, faits comme nous et ne ressemblent pas aux insectes.

Le chien et le mouton.

Il y a dans les campagnes trois êtres qui vivent ensemble : c'est le berger, le chien et le mouton. Quand je dis le mouton, je devrais dire les moutons, car ils vivent en troupeau. Quelquefois même le troupeau est assez nombreux pour qu'il faille plusieurs chiens. Mais il n'y a jamais qu'un seul berger. Celui-ci est le maître ; il gouverne et dirige chiens et moutons Vous rappelez-vous, sur la fin de l'été, avoir vu souvent de pareils troupeaux établis sur les champs moissonnés? Le berger a sa petite maisonnette où il se réfugie pour la nuit. Ordinairement elle est montée sur de petites roues, car le troupeau se déplace fréquemment, et il faut se déplacer avec lui.

Voilà un homme et un ou plusieurs chiens qui se donnent bien du mal pour que les moutons se régalent d'herbe ! Mais, eux-mêmes, ils ne mangent pas de l'herbe comme les moutons. Le berger, c'est un homme, et nous savons qu'il se nourrit de légumes, de fruits et de viande. De quoi vivent donc les chiens? Ils gardent les moutons ; Ils les défendent au besoin ; mais pour manger de l'herbe, cela leur est impossible.

Prenez donc la peine de considérer la gueule d'un chien et la bouche d'un mouton. Quelle différence ! Comme la gueule du chien est largement fendue ! Comme elle s'ouvre au besoin pour mordre ! et l'on voit alors les dents redoutables dont elle est armée ! Ce n'est pas pour brouter de l'herbe que tout cela lui a été donné. C'est bon pour la bouche petite et resserrée du mouton. L'herbe qui se présente immobile sur les champs est saisie sans peine. La gueule du chien est faite au contraire pour happer de gros morceaux de viande ; ses dents les déchireront, et d'un vigoureux mouvement de tête la bête enlèvera le morceau.

Il y a ainsi, dans la nature, des animaux construits pour vivre d'herbe, de bourgeons et de feuilles ; d'autres, au contraire, sont conformés pour se repaître de chair. Ils ne peuvent, à leur fantaisie, changer de régime. Ils ne peuvent, comme nous, après un morceau de bœuf, manger des feuilles de salade ou un plat d'épinards. Depuis le commencement du monde, les moutons et les brebis mangent de l'herbe, tandis que les chiens se nourrissent de viande. Les premiers sont des *animaux herbivores* et les seconds des *animaux carnivores*. Ainsi le veut toute leur conformation.

La pêche, le pois, la pomme de terre.

Quel beau fruit qu'une pêche! Sa forme arrondie, la belle couleur rouge de sa pelure et surtout sa chair sucrée et juteuse en font un régal des plus appétissants. Aussi ne suis-je pas surpris que votre première idée, en la voyant, ne soit de la manger. Mais moi je vous demande un peu de patience. Causons d'abord à son sujet. Voyons comment elle est faite. Après, vous serez libres de la savourer à votre aise. Tandis que si nous commençons par là, nous ne pourrons plus l'examiner ensemble.

Sachez d'abord que ce beau fruit provient d'une jolie fleur semblable à une petite rose sauvage. Au printemps, les pêchers sont couverts de ces fleurs d'un rose tendre. Ils offrent alors le plus riant aspect. Rien n'est plus beau que nos vergers et nos jardins fruitiers, à cette première époque de l'année qui couvre de fleurs les pêchers, les abricotiers, les pruniers, les cerisiers, les pommiers et les poiriers.

Une pêche encore attachée à la branche. Fleurs de Pêcher,

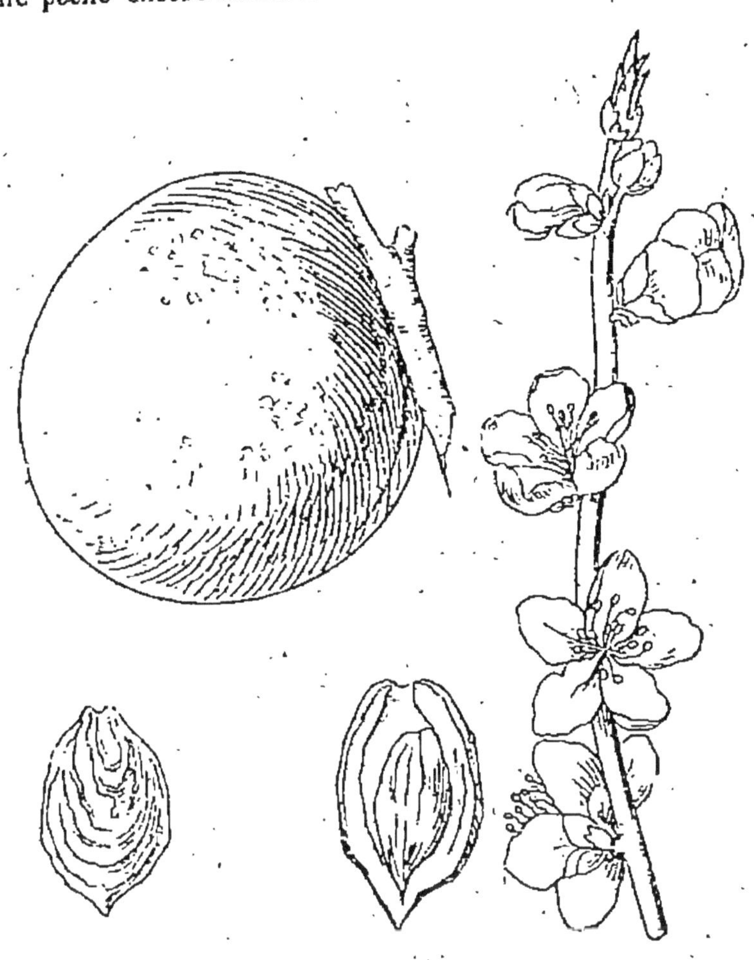

Noyau intact. Noyau ouvert montrant son amande.

Ces quatre figures sont 2 fois moins grandes que nature,

Puis les fleurs se flétrissent et produisent les fruits, les pêches, par exemple, qui sont mûres en plein été.

Notre pêche est recouverte d'une *pelure* molle et veloutée. Vous l'ôterez pour la manger; enlevons-la tout de suite. Alors nous apercevons la *chair du fruit.* Coupons-la en deux moitiés. Au centre, nous trouvons le *noyau*. Il est rouge, et il porte de gros plis saillants. Avec la pointe d'un couteau nous parviendrons facilement à le fendre. Nous allons voir ce qu'il renferme. C'est assez l'habitude des enfants de casser leurs jouets, pour voir ce qu'il y a dedans. Ne serez-vous pas curieux de voir l'intérieur du noyau?

Le voilà ouvert. Il est creux et il contient quelque chose. C'est une amande. Retirons-la. Nous allons l'éplucher. Elle est humide, et nous retirons sans peine sa pelure blonde. Ainsi dépouillée notre amande paraît magnifique. Elle est d'une blancheur éclatante. Elle a la forme d'un œuf aplati. Regardez donc: à son extrémité pointue on distingue une petite fossette. Au fond est un petit corps blanc et rond. Mais il est bien facile de voir complètement ce que c'est, car notre amande se sépare d'elle-même en deux moitiés qui ne tiennent ensemble que par un bout.

Là justement nous pouvons voir en entier ce petit corps blanc que nous entrevoyions

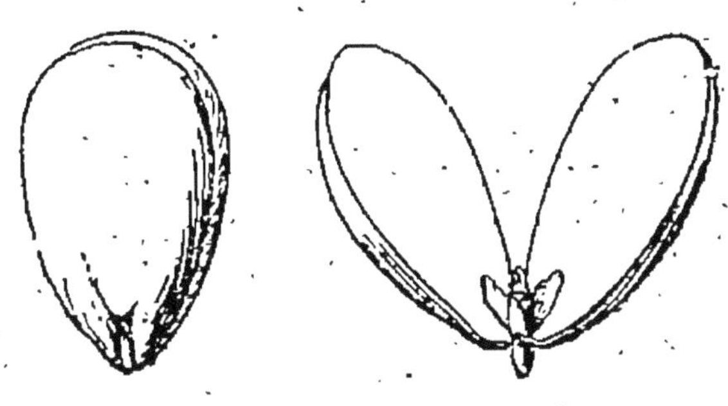

Amande épluchée. Amande ouverte (grandeur naturelle) montrant le germe entre les deux cotylédons.

tout à l'heure. On dirait un petit poupon. Les deux moitiés de l'amande lui font comme un berceau. Qu'est-ce que ce peut bien être?

Comme vous avez bien attentivement écouté tout ceci, je vais vous le dire. Ce prétendu poupon est réellement le *germe* ou *plantule*; c'est un tout jeune pêcher. Il est là comme le poulet dans son œuf lorsque la poule l'a couvé. Seulement c'est le soleil qui a échauffé la pêche et y a fait venir ce petit être; c'est le soleil qui couve les fruits.

Le poulet avait auprès de lui le jaune qui le nourrit dans son œuf pendant les 21 jours de la couvaison. De même notre petit pêcher a pour se nourrir, quand le noyau germera, les deux moitiés d'amande entre lesquelles il est si bien logé. C'est ce que l'on nomme les deux *cotylédons*.

De ce que nous venons de voir ensemble il faut conclure que l'amande contenue dans le noyau de la pêche est une sorte d'œuf, que l'on appelle une *graine*. Voilà ce qu'on trouve dans tous les *fruits*. Tous renferment une ou plusieurs *graines*.

J'ai pris soin de vous apporter une *cosse de pois*. C'est aussi un fruit, mais vous ne serez pas tenté de le manger. Il est vert comme une feuille, et pas plus que moi vous ne mangez de l'herbe crue. Ouvrons notre cosse: ce n'est pas difficile :

nous y trouvons cinq ou six *pois*. Vous allez voir que

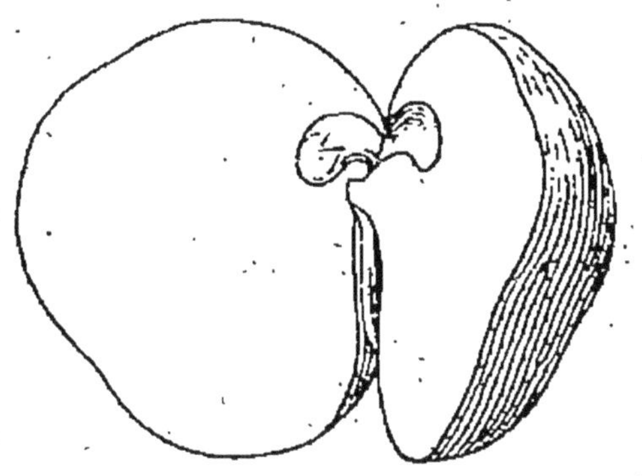

Pois épluché et ouvert (3 fois plus grand que nature); on voit le germe entre les deux cotylédons entr'ouverts.

chacun d'eux est une graine. Il me suffira pour cela de l'éplucher à son tour comme l'amande de tout à l'heure.

Voici le pois dépouillé de sa pelure. Comme l'amande, il se sépare naturellement en deux moitiés réunies par un seul point. Là aussi nous trouvons un petit corps arrondi, mais courbé sur lui-même, un *germe* ou *plantule*. C'est un jeune pied de pois, comme nous avions tout à l'heure un jeune pêcher.

Ces cotylédons, destinés à alimenter le jeune pois quand il germera, sont tellement nourrissants que nous en mangeons communément, comme vous le savez. Cotylédons de *pois*, de *haricots*, de *fèves*, de *lentilles*, ce sont nos *légumes farineux*.

Voici maintenant une *pomme de terre*. Son nom ferait penser que c'est un fruit qui pousse dans la terre. Mais ici le nom vous trompe. Examinons-la d'abord extérieurement. Elle est couverte d'une mince pelure.

Puis on trouve à sa surface trois ou quatre légers enfoncements au fond desquels s'aperçoit un tout petit *bourgeon*, ce qu'on appelle un *œil*. Après avoir vu tout cela, nous pouvons chercher dans l'intérieur de la pomme de terre : nous n'y trouverons rien qui ressemble à une graine. Partout c'est une masse de fécule; en un mot, la pomme de terre n'est pas un fruit. Serait-ce une graine? — Pas davantage; car

Pommes de terre (4 fois plus petites que nature, telles qu'on les trouve en terre, attachées à la souche de la plante ; deux sont bien développées, les autres sont en train de croître.

elle ne contient intérieurement ni germe, ni cotylédons. De plus, elle porte des bourgeons comme le ferait une branche. Aussi ne l'appelle-t-on pas un fruit, mais on lui donne le nom spécial de *tubercule*. C'est une branche souterraine gonflée d'une énorme quantité de fécule, qui au printemps nourrira et fera développer ses bourgeons.

Ne pensez-vous pas que ce petit examen de trois

objets naturels vous a appris beaucoup de choses ? Cela ne vous engagera-t-il pas à en examiner ainsi beaucoup d'autres que vous trouvez successivement autour de vous ?

Les cailloux, la pierre et le fer.

Nous sommes venus nous promener dans ce bois, et nous voici arrivés au bord d'un ruisseau qui coule sous les herbes. L'eau est pure et transparente. Elle laisse apercevoir un lit de cailloux sur lequel elle glisse doucement. Il y en a beaucoup qui sont blancs. Que me répondriez-vous si je vous disais que ce sont des morceaux de sucre ? Vous ne me répondez pas et vous riez à gorge déployée, tant vous trouvez mon idée ridicule. — Du sucre au fond de l'eau ! Mais il serait fondu depuis longtemps. — Eh bien, serait-ce du sel ? — Pas davantage, nous aurions de l'eau salée au lieu d'eau sucrée, car le sel aurait fondu aussi.

Mais les cailloux ne fondent donc pas ? — Non certes ; voilà des années que l'eau coule dessus ; elle les a usés doucement de façon à les arrondir ; mais il n'en a pas fondu une parcelle. Du reste, ces mêmes cailloux sont très difficiles à altérer. Ils ont résisté à l'eau, ils résisteront aussi bien au feu Prenez-en une poignée, et nous l'emporterons pour en faire l'essai. Je vous garantis d'avance que, mis dans le fourneau de la cuisine ou dans le foyer de la cheminée, ils en sortiront absolument tels que vous les aurez mis. Ils sont donc faits d'une matière qui ne s'altère pas facilement. La plus grande partie d'entre eux sont formés de ce qu'on appelle de la *silice*. C'est une matière dure. Elle se casse au choc, mais on ne l'écrase pas facilement. Comme vous le voyez, ni le feu ni l'eau n'ont de prise sur elle.

Quelle différence avec la *pierre à bâtir!* Nous irons dans un chantier de tailleurs de pierre. Là vous verrez le sol tout couvert de pierrailles d'un blanc jaunâtre ; ce sont des débris du travail des ouvriers ; ce sont des fragments de pierre.

Les appellerez-vous des cailloux ? — Non, sans doute. Mettez-les dans l'eau. Ils se mouilleront, et l'eau se troublera de façon à devenir bourbeuse. Prenez quelques-uns de ces fragments de pierre, et mettez-les dans le feu comme les cailloux de tout à l'heure. Si le feu est assez ardent, ils en sortiront notablement changés. Chaque pierre aura pris une couleur blanche, et paraîtra d'une sécheresse extrême, car, si on la mouille, l'eau sera promptement absorbée. En un mot, la pierre à bâtir, réduite en pierraille, ne résiste ni au feu ni à l'eau, comme le font les cailloux.

Voici maintenant une clef que j'ai dans ma poche. En quoi est-elle? — En fer, vous hâtez-vous de répondre. — C'est vrai. Est-ce une matière semblable à la pierre et aux cailloux ? — Non pas ! c'est du *métal*, c'est du *fer*. Le fer est beaucoup plus lourd que la pierre et même que les cailloux. Il est froid au toucher ; mais il s'échauffe promptement lorsqu'on le tient dans la main. Il ne fond en aucune façon dans l'eau ; mais à la longue il se couvre de rouille, lorsqu'on l'expose mouillé à l'air.

Quant au feu, le fer lui résiste d'abord ; mais dans

un feu ardent, dans un brasier de charbon de terre il devient rouge et se ramollit. On peut alors le couper au couteau comme une sorte de fromage On peut le façonner à coups de marteau, comme une pâte compacte. Une fois refroidi, le fer est de nouveau raide, dur et résistant. Il a, en un mot, repris sa première nature.

Vous le voyez : rien

qu'avec de l'eau et du feu, on peut, sur les minéraux, tenter des essais curieux. On reconnaît alors des différences importantes dans leur manière d'être. On apprend peu à peu ce qu'ils sont et à quels usages ils peuvent servir.

C'est ainsi qu'il faut observer, examiner, essayer tout ce que vous rencontrez. Il faut interroger les personnes instruites pour vous faire expliquer ce que vous ne comprenez pas. Vous vous préparerez ainsi à bien apprendre ce qui vous sera enseigné dans les années qui viennent.

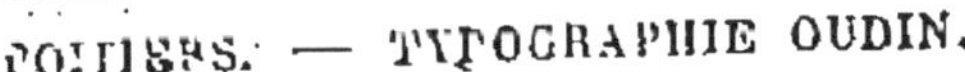

POITIERS. — TYPOGRAPHIE OUDIN.

www.ingramcontent.com/pod-product-compliance
Ingram Content Group UK Ltd.
Pitfield, Milton Keynes, MK11 3LW, UK
UKHW022139190726
13855UKWH00003B/1228

9 782013 095198